KB074480

그 밤이 있었기에

그 밤이 있었기에

지은이 | 조정태
펴낸이 | 원성삼
책임편집 | 홍순원
본문 및 표지디자인 | 한영애
펴낸곳 | 예영커뮤니케이션
초판 1쇄 발행 | 2018년 12월 10일
등록일 | 1992년 3월 1일 제2-1349호
주소 | 04018 서울시 마포구 동교로 55 2층(망원동, 남양빌딩)
전화 | (02) 766-8931
팩스 | (02) 766-8934
홈페이지 | www.jeyoung.com
ISBN 979-11-965114-4-9 (03810)

값 7,000원

이 도서의 국립중앙도서관 출판예정도서목록(CIP)은 서지정보유통지원시스템 홈페이지
(http://seoji.nl.go.kr)와 국가자료공동목록시스템(http://www.nl.go.kr/kolisnet)
에서 이용하실 수 있습니다.(CIP제어번호: CIP2018038015)

 모든 인간은 하나님의 형상을 닮은 존귀한 존재입니다. 사람은 인종, 민족, 피부색, 문화, 언어에 관계없이 모두 다 존귀합니다. 예영커뮤니케이션은 이러한 정신에 근거해 모든 인간이 존귀한 삶을 사는 데 필요한 지식과 문화를 예수 그리스도의 사랑으로 보급함으로써 우리가 속한 사회에 기여하고자 합니다.

그 밤이 있었기에

조정태 두 번째 시집

예영

따뜻한 세상을
만드는 시인

많은 사람이, 아니 모든 사람이 예수 그리스도를 생각할 때 시
인이 됩니다. 마음이 깨끗해지기 때문입니다. 그러나 모두 시를
쓰지는 못합니다.

해마다 겨울이 되고 대강절, 성탄절이 다가오면 여기저기서 복
음서의 여러 장면을 연극으로 재현합니다. 대본을 쓰는 사람들
이나, 그것을 외우고 무대에서 여러 관객에게 전하는 젊은 아마
추어 연기자들이나 이때 다 시인이 됩니다. 시인의 마음이 된다
는 뜻입니다.

하얀 종이나 베에 먹물을 찍어 한 자, 한 자 글을 적어 내려가는
시인의 마음은 아마도 이 세상에서 가장 맑고 순수할 것입니다.
믿음을 가지고 시를 쓰는 것은 그렇게 특별하지는 않습니다. 믿
음이 시로 용해되고 언어의 탁마과정을 통해 믿음이 우리 삶의
현실이 되게 하는 그런 고뇌의 작업에서 시가 생산되는 것은 특
별한 일입니다. 조정태 시인은 그런 시인이라고 생각합니다.

지난 30여 년 동안 소망교회에서 그와 함께 예수 그리스도를 바라보며 살아오는 동안 그는 이러한 모습에서 벗어나지 않았습니다. 교회 안에서 교회학교 교사로 섬기면서 그리고 밖에서 사업을 운영하면서 그는 줄곧 시인으로 살았고 하나님의 말씀을 그 자신의 시어(詩語)로 옮겨 담아 사랑하는 사람들과 함께 노래했습니다.

복음서의 모든 등장인물은 그의 시 안에서 다시 태어나 주의 은혜를 찬양하고 다시 주의 발자취를 따라 성서 안으로 돌아갑니다. 그리고 믿음으로 진정한 자유인이 된 시인은 이제 자연과 사람과 인생을 사랑의 눈과 귀로 다시 발견합니다.

조정태 시인은 한국인으로서 몸도 크고 마음도 크고 목소리도 우렁찹니다. 아이들만 사랑하는 것이 아니라 그의 앞에 오는 모든 사람을 정이 가득한 눈으로 바라보면서 따뜻한 세상을 만듭니다. 그의 시에는 꽃이 있고 소녀가 있고 옛 친구가 돌아오고

슬픔도 있습니다. 그러나 성서의 표현대로 "모든 것은 합력하여" 선함과 아름다움과 영원을 향하여 나아갑니다.

한 구절만 인용하겠습니다.

대지로부터 잘리운 채
향과 빛을 토하는
장미의 육신을
조심스레 안아 들고
생명과 죽음의 사이에 걸린
아름다움을 바라본다

김명식(코리아헤럴드 칼럼니스트, 소망교회 장로)

당신이 이 땅에 오신

그 밤이 있었기에

세계의 심장에는

피가 돌고

씨앗 한 알의 피어남도,

한 생명의 태어남도

창조의 섭리 가운데

다시 태어납니다

제3부

첫 시집을 1996년에 낸 후, 22년 만에 두 번째 시집을 내게 되었
다. 교회학교 교사로 20년을 섬기는 동안 내 마음속에 고여 온
찬양과 기도와 묵상이 시의 옷을 입고 나오는 데까지는 그만큼
의 시간이 필요했던가 보다.
내게 있어 시는 세계를 만나는 창이며 그 만남의 기록이기도 하
고 특히 예수 그리스도를 만나고 따르는 길에서 나만이 체험하
는 은혜를 표현하는 통로이기도 했다.

교사로 섬기는 동안에 내게 주신 은혜와 사랑을 그때그때 적어
둔 것을 「교사클릭」, 「드림교사」 등에 발표한 것도 있고 소망교
회 교회학교 문집에 발표하기도 했다.

최근 수년 동안에 개인적으로 어려움과 시련을 겪으면서 주님
이 내 삶을 더욱 깊은 만남으로 초청하시고 이끄심을 느끼게 되
었다. 시련을 통해서 우리를 더욱 큰 성숙으로 인도하시는 주님
께 감사를 드리며 영성치유의 길로 인도해 주신 김난희 목사님
과 늘 기도해 주신 사랑하는 소망교회 교우들과 나의 형제들에

게도 감사를 드린다.

이 시들이 읽는 이들에게 작은 위로와 기쁨이 될 수 있기를 바라는 마음이다.

사랑하는 아내와 두 아이, 영은이와 영민이를 위해서도 나는 이 시집의 원고를 기도하면서 다듬었다.

이 시집을 내도록 격려해 준 홍병룡 형제와 도움말을 주신 안경원 시인에게 감사를 드린다. 그리고 첫 시집의 재판을 내주신 고(故) 김승태 장로님과의 인연으로 해서 두 번째 시집의 출간을 쾌히 승낙해 주신 원성삼 사장님께 감사를 드린다.

2018년 11월에
조정태

제1부

여행

얇게 자른
오렌지 두 쪽
파인애플 두 쪽
수박도 두 쪽
멜론도 두 쪽
파파야도 두 쪽
흰 접시에 올려 놓으며
오늘까지 입은 은혜를
헤아려 보는 아침

사랑하는 사람들과
낯익은 도시와
시간들을 떠나
홀로
아침 식탁에 앉으면
혼자일 때 다가오시는
주님을 느낀다

삶의 여정을 지나갈 때
길목마다에서
나를 홀로 부르시고
또 다가오시는 분

구름의 긴 회랑 사이에서
거대한 허공 중에
매어달린 지구를 보고
땅 위에 보이지도 않는
미물 같은 모세를 부르신
주님의 음성에 다시 귀 기울여 본다

오렌지와
파인애플과
수박과
멜론과
파파야와
또 헤아릴 수도 없는
생명과 은혜의 시간들을

헤아려 보는 아침

흰 접시는 은은히 빛나는구나

방주와도 같이.

비행 2

비행을 할 때마다
구름 아래로
지구는 하나의 별이 된다
구름 아래 사는
미국인도
한국인도
인도네시아인도
모두 아담의 후예가 되고

떠나온 곳이 별이 되고
돌아갈 곳도
하나의 별이 되어
작은 창 위에 떠오른다

어린왕자가 살던 별은
어디쯤 있을까

어느 날 그대가

한 줌 흙이 되어

떠나온 별에 묻히고

아침이 오면

그대는 다시 눈뜨리라

또 다른 별 위에서.

평화의 도구

아들의 사진을 목에 걸고
구백 킬로를 메고 온 아비의 십자가,
세월호 속에서 속절없이 스러져간 아들의
아비가 지고 행군한 십자가가
로마로 건너갔습니다

아시시의 가난한 성인의 이름이기에
교황의 이름으로 불려 본 적이 없는
프란치스코, 그이의 손이
그 아비, 어미들의 노란 리본을 가슴에 달고
70년이 지나도록
사과 한 번 제대로 받지 못한
위안부 할머니들의 나비뱃지를 제의에 달고
그들의 손을 맞잡았습니다

다만 진실을 밝혀 달라고,
아무런 이유없이 죽은 아이들이
죽어가게 된 진실만을 밝혀 달라고
뙤약볕과 빗속을 뚫고 38일간 지고 온 십자가,

그 아비의 손을 잡고 가슴에 손을 얹고
성모님께 위탁함으로써
그 아비 어미들의 아픔은 하늘가에 올려졌습니다.

미움이 있는 곳에 사랑을,
불의가 있는 곳에 용서를,
분열이 있는 곳에 일치를,
위로받기보다는 위로하며
자신을 평화의 도구로 써 주시기를 간구했던 프란치스코처럼
그도 평화의 도구로 이 땅에 와서
우리 모두가 평화의 도구 되기를 빌었습니다.

어둠 속에 선율이 흐를 때
-하트 채임버 오케스트라*

어둠 속에 선율이 흐를 때 그것이 빛인 것을 알았습니다
어둠 속에 음악이 흐를 때 그것이 사랑인 것을 알았습니다
어둠 속에 노래가 흐를 때 그것이 생명인 것을 알았습니다

고통과 시련과 어둠을 뚫고
온누리를 소망으로, 빛으로 물들이는 그것은
어떤 시련과 고난 앞에서도
좌절하지 않는 어머니의 심장이었습니다
죽음의 권세를 깨뜨리고
빛으로 동터오는 부활의 생명이었습니다

어둠 속에 음악이 흐를 때
그것은 심장에서 심장으로,
마음에서 마음으로 퍼져 오고 퍼져 가는
생명의 파동이었습니다
어둠에 갇힌 세계를 열고
감미로운 선율 속에 자유하는 영혼으로 날아오르는
눈부신 비상이었습니다.

---

* 단원 23명 중 10명이 시각장애인으로 구성된 오케스트라다. 2007년에 창단했다.

땅 위에 쓴 글씨* 2

그는 눈을 내리뜨고
아무의 시선도 거슬리지 않았다
다그치던 이들도
그의 손가락이 땅 위에 글씨를 쓸 때
그 마음속에 일어나는 잠잠한 파문을
거슬릴 수는 없었다
나이든 이로부터 젊은이까지
하나둘 돌아가기 시작했다

그 손가락은 수면 위에 운행하던 영과 같이
어둠 위에 파문을 짓게 하였으므로
사람들은 밀려나서 떠나갔다
아무도 한 마디 소리도 낼 수 없었고
하나님의 침묵이 그들을 가만히 흔들었다
침묵 속에 움직이던 손가락이 멈추고
그가 다시 일어섰을 때
아무도 남아 있지 않았다

그들이 어디에 있느냐

주여 없나이다

나도 너를 보내노니

다시는 어둠 속으로 나아가지 말아라

그 긴 하나님의 시간이

오직 그녀를 위해 기다리다가

값없이 그 모든 어둠을 떠나게 하였다.

----

* 요한복음 8:2~11

사람 없는 마을

― 베데스다 못가

모든 이들은 분망히
축제를 향하여
밀려가는 때에
삼십팔 년 된 병자 하나
여기 누워 있네*

천사가 내려와도
돌아보지 않고
붙들어 줄 손 하나
없는데

모든 이들이 왁자지껄
축제를 향하여
밀려간 때에
잠잠히 걸어와
낮은 음성으로
물으시네
　놓임 받기를 원하느냐

아무도 나를

저 못 속에 넣어 주지 않는데,

삼십팔 년 동안이나

한 사람도 오지 않았는데

모든 사람들이 축제를 향하여

물밀어 가는 이때

여기 한 사람 잠잠히 걸어와

물으시네

　　놓임 받기를 원하느냐.

----

* 요한복음 5:1~15

일어서라 한 가운데

– 손 마른 여인

일어서라 한 가운데
아브라함의 딸아*

안식일에도 안식하지 못하는 딸,
손이 마른 사람 뒤로
엿보는 눈들

일어서라
모리아 산으로부터
백두산에 이르기까지
어두움 속에서 곤고한 자들아
걸어 나와
손을 내밀라
너를 지으신 이를 향하여

이 고요한 쉼을 받으라
돌이 비오듯 날아온다 해도
온갖 저주가 쏟아진다 해도
모리아 산에서

백두산까지

아브라함의 딸들아.

주님이 두 손으로

– 세족식

주님이 두 손으로 제자의 발을 씻으실 때
내 마음도 만지신 걸 난 알았네

그의 흰 손으로 먼지와 티끌을 닦아 주실 때
내 죄와 허물을 씻으신 걸 난 알았네

나의 연약함과 질고를 어루만지시며
주님이 그 어깨에 대신 지셨네

두 손에 물을 담아 두 발에 부을 때
주님의 보혈이 내 마음 적시는 걸 난 느꼈네

마지막 한 방울까지
주님의 생명을 모두 부어서
나를 그의 생명에 들어가게 하시네

하나님 사랑의 아들의 나라에로*
나를 들어가게 하시네.

---

* 골로새서 1:13

당신의 어머니는

- 요한 1

당신께서 어머니를 나에게 보이신 후에
당신의 어머니는 나의 어머니가 되셨습니다
십자가에 못박혀 피흘리면서도
어머니를 위로하셨기에*
당신은 언제 어디서나
우리의 위로가 되셨습니다

당신을 잉태하고 낳으시고
기르신 사랑과 기도의 어머니가
나의 어머니가 되셨기에
당신이 육신을 입고 이 땅에 보냄받은
섭리와 자비로 나 또한 아들이 됩니다
그러기에 당신의 어머니는
당신이 우리 곁을 떠나간 뒤에도
이 땅에 남기신
움직일 수 없는 사랑의 징표가 되셨습니다

육신을 가진 당신의 어머니가
우리와 함께 계시기에

우리는 이 땅을 더욱 사랑합니다
부활의 그 아침을 바라보면서

당신께서 어머니를 나에게 보이신 후에
당신의 어머니는 나의 어머니가 되셨습니다.

---

* 요한복음 19:23~27

디베랴 바닷가에서

- 요한 2

말씀을 만져 본 사람이 있습니까
말씀이 육신이 되어 오신 이의
품에 안기어 본 사람이 있습니까

십자가를 앞에 두신 밤에도
나는 그이의 품에 안기어 있었고
십자가에 못박히셨을 때도
그이는 나에게 당신의 어머니를 맡기셨습니다

디베랴 바닷가에서
어둠 속에 부질없는 그물질만 하던 우리들에게
그이는 다시 오셔서
고기와 떡을 손수 구워 먹이셨습니다*

우리의 발을 씻기시고
우리를 품에 안으시며
우리를 떡으로 먹이셨습니다
말씀이 육신이 되어 오신 그이가.

---

* 요한복음 21:1~13

봄빛에 물든

4월의 새벽
희부연 강물 위로
드높이 솟구치는 해를 보며
달려갈 때
빛은 새롭게 타오른다

새벽 대기를 가르며 나는 새들
플라타너스 가지가지마다
월계관처럼 피어나는 연초록 잎새들이
솟아오르는구나
부활의 주로부터

사방팔방
검은 대지에 흩뿌려진
벚꽃 이파리를 보며
오고 오는 세대에
아낌없이 부어 주는
주의 피와 살을 생각한다
생명을 생명되게 하며

봄빛에 물든 이 세계를

하나의 성전으로 피어나게 하는

부활의 주, 그리스도시여.

제2부

새벽 기도 3

보아라
새벽하늘에 가득한 꽃다발
누구인가
눈부신 장미와 백합과
이름 모르는 수도 없는 꽃들을
이 새벽하늘에
휘황하게 펼치는 이는

웃음 띤 아이들의 얼굴과도 같이,
그 앞날을 약속하는 예표와도 같이,
우리의 기도를 기뻐 받으시는
아버지의 한량없는 자비와도 같이,
눈부신 빛으로 쏟아지는
은총과도 같이

이 새벽
하늘 가득
웃음처럼
향기처럼

빛살처럼

퍼져 나가는

꽃 무리

빛의 무리.

새벽 기도 4

새벽의 말씀을 듣고
한강을 따라 돌아오는 길에
봄 아침의 하늘에서
빛의 말씀을 만난다

　새롭게 하리라
　새롭게 하리라
　이 땅을 새롭게 하리라

아침 강물 위에
높이 솟구치는 해는
붉은 빛의 기둥을
물 위에 세우며
만물 위에
빛의 세례를 붓는다.

새벽 기도 5

당신 앞에 서면
한 자락의 그림자도
남을 수가 없어요
내 안의 모든 것이
거울엔 듯
투명하게 드러나고

미움도
의심도
정욕도
두려움도
한꺼풀씩
증기처럼 흩어지고
이윽고
빛에 젖어 있는 나를
발견합니다

날마다
당신 앞에 서면
빛에 젖어
돌아오는 나

그러기에
새벽마다
새 하늘이 열리고
우리는 또 하루
당신 안에 녹아 있습니다.

이 땅이 아침의 나라라 불리운 것은

이 땅이 고요한 아침의 나라라 불리운 것은
기도로 아침을 깨우는 당신 때문입니다
밤새 날아온 하늘의 휘장 아래로
저 산맥이 붉게 물들어 올 때
이 땅의 골방에서,
숲속에서,
들에서 드려진
당신의 기도 소리를 들었습니다

당신의 기도 소리를 타고
비로소 이 땅에 빛이 내리고
오랜 시련과 고난과 핍박도
새 하늘 새 땅을 내다보는
당신의 형형한 눈빛 속에서
축복의 이슬로 젖어 옵니다

우리가 아직도 이 땅에 소망을 두는 것은
지금도 기도하는 당신 때문입니다
만 사람이 다 이 땅을 욕하고

버리고 떠나가도

우리가 아직 사랑할 수 있는 것은

새벽마다 노래하는 당신이 있기 때문입니다.

그 밤이 있었기에

– 대강절

늘 곁에 계신 줄 알았던 당신인데
해마다
이맘때가 되면
다시금 기다립니다.

당신이 태어나던 마을과
구유와
목자와 그 밤과
별빛을 향해
내 마음 설레며 열리어 옵니다

당신이 이 땅에 오신
그 밤이 있었기에
세계의 심장에는
피가 돌고
씨앗 한 알의 피어남도,
한 생명의 태어남도
창조의 섭리 가운데
다시 태어납니다

그러므로
세상은 더 이상
어둠이기를 그쳤습니다

이 해에도 당신을
또다시 기다립니다
내 평생을 통하여
내게로 오고 또 오는
당신

날마다 달마다
당신은 내게로 더욱
가까이 다가오시고
그러므로
새로운 생명으로
덧입혀 주십니다
당신을 덧입지 않고서는
우리는 아무것도
아니기 때문입니다.

생일 축하
– 성탄절에

생일 축하합니다 예수님

당신의 모습이 보이지 않는 곳에서

어느 때보다 기쁜 맘으로

우리는 노래합니다

이 축하의 인사와 함께

당신은 우리의 삶 속으로

성큼성큼

걸어 들어옵니다

이 순간처럼

부활하신 주님에게

말을 건네 본 적이 또 있을까

이때처럼

당신이 우리의 마음을

가득 채우는 적이 또 있을까

사랑하는 친구를 부르듯이

우리는 그렇게 다정하게

당신의 이름을 부르고

손을 내어밉니다
당신에게

보이지 않는 곳에서
언제 어디에서나
당신은
우리와 함께해 온 것을
이 시간
우리는 고백합니다
그리고
앞으로도 함께할 것을 믿습니다

생일 축하합니다
사랑하는 예수님.

당신은 언제나 어디서나

우리는 때로는 부하고 때로는 가난하고

때로는 강건하고 때로는 연약하고

때로는 기뻐하고 때로는 낙심하지만

주여

당신은 언제나 어디서나 동일하신 분

우리를 향하여 빛으로 비추시며

다가오시는 분

너는 내가 창조하였노라

너는 내 것이라

너는 내 사랑하는 자라 말씀하시며

부르심에 응답하기를 원하시며

주를 기뻐하며 사랑하기를 원하십니다

우리는 웃을 때가 있고 울 때가 있지만

주께는 흑암과 빛이 한 가지요*

주 안에는 다만 생명과 평안과 기쁨이 넘치나이다.

---

* 시편 139:12

사랑의 집

– 교회학교

늘 가슴에 품고 지내던
아이들을
떠나보낼 땐
보듬었던 비둘기를
푸른 하늘로
날려 보내는 것 같았지

나이 지긋한 아빠 선생님들은
푸근한 형님 같았고
맑은 모습의 엄마 선생님들은
다정한 누이 같았지

청년 선생님들은
젊을 적
내 친구들이 돌아와 곁에 선 듯
늘 내 마음 푸르게 하고

아이들을 보고
"선생님이…"라고 할 곳에서
무심코 "아빠가…" 하고
말할 만큼
아이들은 내 가슴 깊이 있었고
우리들은 그만치 한 가족이었다
그리스도 안에서
새로 지어져 가는
가족,
새로 지어져 가는
늘 푸른 집

아이들과 함께 찬양할 때
어린 시절
내 마음 속 남아 있던
그림자들까지도
녹아 버리고
세상살이의 근심 흩어졌지

주일 아침마다
선생님들과 함께 기도할 때,
때로 피곤한 몸으로
아이들에게
말씀을 전할 때도
부어 주시던 새 힘,
평화의 새로운 능력

나에게 기도를 가르쳐 주고
주 안에서 한 몸 되는
신비한 기쁨을
알게 한 곳

사랑하던 아이들은 떠나가고
나를 받쳐 주고
기대게 해 주던
선생님들은 떠나 있어도
그때 지어진
믿음의 집*,

그때 안긴 주의 품안은

오늘도 넉넉하구나,

오늘도 함께

지어져 가고 있구나.

---

* 에베소서 2:20~22

돌기둥의 노래

나무와 숲 사이로
바람에 실려
영혼 깊숙이서
사무치게 울려오는 소리

내 삶의 온 지경을 돌아 이제 여기 선 열두 개의 돌기둥*,
지나온 열두 달의 해와 달,
주님의 발걸음을 따라 지금도 걸어가고 있는
열두 사람의, 그리고 또 그 뒤를 이어 걸어가는
나와 그대의 발걸음,

해가 뜨고
바람이 불고
빛이 쏟아지는 들판에서
하늘 향해
새들의 노래처럼 퍼져 나가는
내 영혼의 찬양

별들이 하나둘 깨어날 때면
어둠 속에서
풀향기에 젖은 기도가
번져 가리라

내 삶을 받쳐 주고 지탱해 준 모든 것,
지나온 발걸음마다 세워진 사랑의 기억들 속에서
저 앞에서 지금도 나를 부르시고
또 손잡아 이끌어 가시는 주님을 바라보며
가만히 말하리라
아멘 아멘이라고

밤이 오고
사람 하나 없는 숲 사이로
바람을 타고
속삭이듯 들리는 소리
아멘!

---

* 경기도 양평에 있는 숲속의 미술공원 'C아트 뮤지엄'에는 12개의 돌기둥으로 된
　"아멘" 혹은 "Holy Stones"라고도 하는 조각작품이 전시되어 있다(정관모 작).

아프리카의 검은 흙

– 어느 선교사 부인의 고백

이 사람을 아세요
아프리카에서 온
아프리카보다도 순수한
이 남자를

이 땅에서는
그를 필요로 하는 곳이
없었지만
그는 아프리카에서
유치원 원장, 벽돌공장 공장장,
컴퓨터학원장

자기를 정말 필요로 하는
검은 얼굴의 사람들과
아프리카의 검은 흙을 사랑하게 된
그래서
아프리카보다도 더욱 순수한
이 사람을 아세요?

겨자씨 한 알이

누룩 한 줌이 밀가루를 부풀게 하듯,
겨자씨 한 알이 아름드리 나무 되어
새들을 품어 안 듯,
우리 여기 꿈을 안고 모였습니다

한 사람, 한 가정마다
아름드리 나무로 자라나서
사랑의 숲, 화평의 숲
이루게 하시고

늘푸른나무 그늘 아래에선
가난하고 버림받은 이웃들이
새 힘을 얻고
가지마다
젊은이들이 꿈꾸게 하소서

소자에게 준 물 한 잔을 기억하시는 주여
이 나무들의 푸른 그늘이
기억되게 하시고

그늘 사이 퍼져 가는
새들의 노래를
또한 받아 주소서

열두 명의 제자가
세계를 변화시키듯,
자원하여 제자 된 형제들 모여 섰으니
주여
우리들로 인해 세상이 변화되게 하소서
교회의 한 마당, 나라의 한구석,
세계의 한 모서리일지라도

겨자씨 같은 사랑의 작은 걸음,
순종의 작은 몸짓,
기도의 작은 소리들이
주의 나라를 가로막는 산들을
바다에 던져지게 하소서

누룩 한 줌이 밀가루를 부풀게 하듯,

겨자씨 한 알이 아름드리나무 되어

새들을 품어 안듯,

우리 여기 소망 안고 모였습니다.

그날이 오면

출근길에 차 안에서
아바(ABBA)의 노래를 듣는다
"I have a dream"
마틴 루터 킹의 연설에서
제목을 따왔다는 노래를 들으며
내게는 무슨 꿈이 있나
돌아보는 아침

사우디의 뜨거운 아스팔트 위에서도
홍해 바닷가에서도
듣던 노래 다시 들으며
수억 킬로 떨어진 곳으로부터
날마다 눈부신 빛을 부어 주는
아침 해를 바라보며
차를 달린다

한 사람 한 사람을 향한
그이의 꿈이
이루어지는 날,

상처받은 이들이 나음을 입고
억눌린 자들이 자유함을 얻고
울던 자들이 노래를 되찾고
서로 서로 용서하는 날,

한 사람 한 사람이
저 마다의 가슴속에서
썩지 않고 쇠하지 않는
그이의 형상을 되찾는 날,

저 침묵의 달을 향하여
무수한 별들을 향하여
광활하고 가없는 우주를 향하여
지구 가득 노래를 올려 보낼 그날,
그날이 오면
오시리라
갈릴리 호숫가를 거닐며
나지막한 음성으로 노래하던 이,
십자가에 못박혀 피흘리면서도

오히려 용서하던 이,
무덤 앞 홀로 울고 있던
막달라 마리아를 향해
새벽처럼 걸어오셨던 이가
오시리라
다시 오시리라

우리에게 향하신
그이의 꿈이
이루어지는 날,
우리의 새로운 꿈은 시작되리라
그날이 오면
그날이 오면.

토기장이*

빛도 지으시고 어둠도 지으시며
평안도 지으시고 환난도 지으신 여호와 하나님
토기장이가 토기를 빚으심과 같이
연약한 인생도 빚으시나니
나의 허물과 고난, 넘어지고 일어섬이
모두 그의 손안에 있으니
하늘에서 의를 비같이 내리시고
땅에서 구원의 싹을 움돋게 하시니
그 모든 날들이 여호와를 찬양하네

당신이 무엇을 지었소 물어볼 토기조각이 있나
당신이 무엇을 낳았소 물어볼 자식이 있나
땅을 지으시고 그 위에 사람을 지으시고
하늘을 펼치사 만물을 지으신 여호와여
공의로 그를 일으키시고 모든 길을 곧게 하시고
주의 성읍을 건축케 하시며
사로잡힌 주의 백성을 놓이게 하시네

참빛으로 이 땅에 오사 세상을 비추시나

그의 백성이 그를 모르고 어둠에 머물 때

그 생명을 버리사 우리를 의롭다 하시고

영접하는 자에게 들어오사 목자가 되시고

토기장이 되신 주님과 화목케 하시니

주님이 내 안에 내가 주님 안에 거함으로

여호와 안에서 즐거워하게 하시네.

* 이사야 45:7~13

보아라

새벽하늘에 가득한 꽃다발

누구인가

눈부신 장미와 백합과

이름 모르는 수도 없는 꽃들을

이 새벽하늘에

휘황하게 펼치는 이는

제3부

3월이 오면

3월이 오면
저만치 대지를 비껴 서 있던
태양이 눈웃음치며 다가오고
플라타너스의 빈 가지 꼭대기도
가볍게 일렁이며 손짓하네

메말랐던 지구의 가지 끝에
꽃봉오리 하나가 열리고
풀잎 하나가
대지를 열어젖히는 것을
그대는 보리라
3월이 오면

춥고 길었던 겨울의 들판에서
눈과 바람에 씻기며
서 있었던 날들의 의미를
이제 알게 되리라

그대 기다림의 깊이에서
솟구쳐 오던 기쁨을 보았다면
저 긴 겨울의 깊이만큼이나
눈부시게 피어날 아침을 꿈꾸리라

목련이 피고
벚꽃이 피어나는 아침마다
켜지는 작은 등불들을 들고
귀 기울이리라
잠들었던 대지가 깨어나고
마음 깊은 곳에 있던
그늘마저 녹아
꽃으로 피어나는 소리를.

벚꽃 축제

머리 위로
하늘에 걸린 화관을 쓰고
청사초롱 걸어 놓고
님을 기다리네

천 개의 하늘처럼 열려 있던
목련꽃도
여기저기 떨어진
아침의 풀밭

수많은 화관을 머리에 쓰고
걸어가는 길
눈부시고 마음도 부시어
청사초롱만
뒤돌아 바라보았네.

5월이 가기 전에

아침 풀밭 위에서
맨손체조를 하며
하늘을 바라보며
아침 햇살을
가슴 가득 마신다

5월이 가기 전에
울타리마다
맑은 얼굴을 하고
내다보는
들장미 향기도 마셔 본다

그대의 숨결
그대의 생명 또한
나는 마신다
그대의 양 볼에
아침 인사를 입맞출 때.

6월의 플라타너스

6월의 가로수는
연푸른 잎새로 속삭입니다
생명은 벋어가는 것이라고
아무도 돌아보지 않는 곳에서도
생명은 자라나는 것이라고

머무를 수도 없고
침묵할 수도 없어
푸른 팔을 흔들어 손짓하며
자꾸만 벋어가는 것이라고

대기와 햇살과
보이지도 않는 땅 깊은 곳의
물방울들과 기운들을
엮어서
하늘가에
자꾸만 생명의 푸른 문양들을 새겨 놓는 것이라고

담벽 가까이

햇빛 속에 웃고 있는 장미를 향해

6월의 플라타너스는 속삭입니다.

땅

여기서 나고
여기에 집을 짓고
여기서 난 열매를 먹고
이곳을 딛고 살아간다
그리고 마침내 돌아간다
이곳으로

흙이여
생명과 자비의 또 다른 이름이여.

장미의 육신

백장미 열 송이와
붉은 장미 열 송이를
셀로판지에 싸서 들고
하오의 거리를 걸어간다

대지로부터 잘리운 채
향과 빛을 토하는
장미의 육신을
조심스레 안아 들고
생명과 죽음의 사이에 걸린
아름다움을 바라본다

수돗물에만 담가줘도
이들은 못다 한 생명의
빛깔과 자태를
하늘가에 잠잠히 펼치며
피어난다
빛과 향을 토하며
몸을 던져

소리 없이 빈 공간을

가득 채우며

꽃이여

자비로운 헌신이여.

일출(日出)

– 정동진에서

해무(海霧)에 가려 떠오르지 않는다고

돌아서는 그대의 등 뒤로

두두둥

떠오르는 해

밤을 새워 바다까지

달려온 것은

이 한 순간을 바람이 아니었던가

실의와 낭패의 거리를

뒤로하고

바다를 향해

파도를 향해

맨가슴으로 부르는

저 불과 빛의 소리를

듣기 위함이 아니었던가

사람과 사람 사이

거리와 거리 사이

굴절되고 상처 입은
시간들을 떨쳐버리고
저 시원(始原)의 아침을 향해
나아오는 사람들

태초의 새벽에 뒤척이던
바다의 맨몸으로
가슴 가득 빛을 보듬으며
활활 타오르는 생명의 등불을
연꽃과도 같이 들어 올리며

들으라
너는 잠잠히 들으라
하늘과 바다 사이
누리에 가득한
빛의 말씀을.

꿈

비둘기 한 마리
작은 상자 속에서
퍼득이며
상자를 허공에 띄울 때
놀라서 나는 상자를 열었다

방 안의 공기를 휘저으며
날개칠 때
나의 방이
너무나 작고 초라한 것을 본다

여닫이 방문조차
비둘기의 하늘빛 날갯짓에
방긋이 열려 있고
비둘기는 머리 위로 날아오른다.

물의 자비

아침에
흐르는 물에 복숭아를 씻으며
물의 자비를 생각한다

물이 있어
복숭아도, 아름드리나무도, 수박도
씨앗도
새들도 강아지도
아기들도 자라나고

물이 있어
복숭아와 포도와 상치를 씻고
날마다
때묻은 얼굴과 몸도 씻는다

흐르는 물에 마음도 씻고
투명한 물방울 끝에서
가없이 피어나는 생명이여
물의 자비여.

밤 바닷가

밤 바닷가
파도 끝에 손을 적시면
바다 건너 닿는
그대의 손끝

칭얼대면서 칭얼대면서
그리움으로 밀어오는
파도이건만
발이 젖지 않느니

밤빛에 젖어 맑은
저 먼 밤바다를
그리움으로 씻으면
물 건너 마주앉은 그대 모습이
잔잔히 흘러오지 않으랴

바닷가에 서면
언제나
바다 건너 마주서는 누군가의 그림자

그리움으로 앉으면
그리움으로 오는
오 나지막한 누군가의 음성

돌아갈 뭍이 애닯지 않고
밀어오는 그리움이 목마르지 않은 까닭입니다.

사람의 딸

아침 등굣길의 여고생을 보며
'사람의 딸'을 생각한다

어머니 없이 태어난 사람이 없고
아내 없는 남편이 없듯이
사람은 모두 여자의 자식

생명을 잉태하고
피와 같은 젖을 먹이고
끝까지 끝까지 사랑한
어머니를
아들이여 기억하라
그대 어머니도
그대 아내도
그대의 딸도
사람의 딸인 것을

어머니의 인내로써
그대가 자라고

어머니의 용납 속에

그대 삶이 뿌리내렸다면

그대 또한 경외하라

사람의 딸들이

보듬고 가는 저 하늘을.

3월의 아침

바람 부는 들판을 지나고
눈보라를 헤치고
얼어붙은 강물을 뚫고
마침내
여기 왔구나

연두빛 초롱과
하얀 초롱과
노오란 초롱들을 들고
여기 왔구나
이 아침에

겨우내
잠들지 않고
생명의 등기름을 마련한
다섯 처녀와도 같이

바람 부는 들판에서도
눈 내리는 정원에서도

강바람 부는 언덕에서도

오직 먼 하늘의 해와 눈 맞추며

언 땅에서 등기름을 길어 올리며

오늘을 기다렸구나

개나리와 목련이

노오랗고 하얀 초롱들을

수없이 들어 올릴 때

새 한 마리

카랑카랑

새아침을 노래하는구나.

백목련(白木蓮)

그것은 봄이 오는 길목에 걸어 놓은 하이얀 초롱이다
언 땅을 헤치고 솟아나는 푸른 풀잎과
엷은 미풍 두런거리는 봄밤을 밝히는 은초롱이다

깨어나고 깨어나는 꽃들과
넘치어 오는 4월의 빛살들을 엮어서
하늘 향해 지펴 올리는 백 개의 향로이다

새벽 미명에
눈물 젖은 옷에
열려진 무덤 앞에 엎드린
막달아 마리아의 뒷모습이다.

하늘 씨앗

하늘 위에
저 밝고 둥근 것을 보아라
생명과 아름다움에 속한 모든 것이
비롯되는
저 붉은 씨앗 한 알을 보아라

녹음 우거진 드높은 플라타너스의 가지도
하늘을 비끼어 가는 작은 새들도
뿌우연 새벽 대기 사이로
깨어나는 사람의 마을들도
그들이 빚지고 있는
이 둥근 빛을 바라보지 못한다

씨앗 한 알에서 비롯되는
넘치는 붉은 과육(果肉)과도 같이
이 세계는
저 둥근 하늘 씨앗의
넘치는 열매가 아니겠느냐
그대의 생명 또한

그 속에 감추어 있었나니
세상은 그로 말미암아
날마다 꽃처럼 피어나네.

겨울나무 2

푸른 잎들을 모두
대지로 돌려보내고
가느다란 가지들의 현 위로
붉은 해가 떠오르면
겨울나무는
탄주를 시작한다

현을 녹일 듯 뜨거운 손길이
거듭하여
검은 수금을 휩싸 안을 때
아침의 찬 대기 중에
번져가는 노래

듣는가
하늘에 번지는
빛의 탄주를.

밤빛에 젖어 맑은

저 먼 밤바다를

그리움으로 씻으면

물 건너 마주앉은 그대 모습이

잔잔히 흘러오지 않으랴

작은 마을 하나

복사꽃 마당

버팀목

목도리

재상봉

서울의 밤

별인사

시간의 방향(方向)

햇빛의 흔적

스물네 줄의 시

별 하나 뜬다

벤치

제4부

작은 마을 하나

억만 별들의
태양계의 한 모서리
한 작은 별 위에
깃들인 사람의 무리들

모래처럼 많은 별들이
사람 하나 없는
고도로 떠서
무한우주의 바다를
표류하는데

여기 사람 사는 마을 하나 있다
일용할 양식을 씨 뿌려 거두고
제 사는 별과 다른 별들의 운행을
귀 기울이고
하나의 세계를 건축하며
보이지 않는 신(神)에게 경배하는
작은 마을 하나 있다.

복사꽃 마당

게으른 봄의 머리맡에
새벽같이 쌓이는
새 지저귐
부서지면서 뒹굴면서
새 지저귐

늦잠을 깨면
여기는
벌써 꽃 핀
복사꽃 마당

그대여
그대와 나 사이
헤어진 하늘이
복사꽃 물든 바다로 출렁여 올 수만 있다면…

아침 새소리로
잠의 빈 입을 가셔 버리고
복사꽃 한 입 물려 주는

돌아가는 겨울의

뒷끝 없는

얼음빛 인사

섬과 섬 사이

헤어진 하늘을

여기

같이 이고 가는

사계(四季)의 사람들.

버팀목

곤파스*라는 태풍이 몰아친 뒤

아침 산책길에 쓰러진 나무 한 그루가 있어

두 손으로 붙잡아 일으키고

밑둥에 흙을 꼭꼭 밟고

돌맹이도 괴어 두었다

다음 날 아침 산책길에

누군가 그 나무에 버팀목을 대고

끈으로 단단히 붙들어 매어 둔 것을 보았다

여기저기 큰 가지들이 부러져 나가고

통째로 넘어진 큰 나무들이 쓰러져 있었는데…

아침 산책 때마다 푸른 그 나무에 눈인사를 건넸다

그런데 버팀목을 대고 나무를 붙들어 맨 이는

누구일까?

---

* 곤파스(Kompasu)는 일본에서 제출한 태풍 이름으로 컴퍼스를 의미한다.

목도리

어느 겨울날 일요일 아침

교회당에 나가

목에 두른 목도리를 풀어 앉은 자리 옆에 내려놓고

기도하기 시작했습니다

누군가 내 옆자리에 앉았습니다

예배가 시작되고 성가대가 찬양을 드릴 때

내 옆에 앉은 노부인은

내가 풀어 내려놓은 목도리를 무릎에 올려놓고

접기 시작했습니다

가로 세로

이리 접고 저리 접어서

다시 내 옆자리에 살폿 내려놓았습니다

어쩐지 내 어머니를 닮은 것 같은 그 부인의 옆모습을 향해

나는 꾸벅 고개를 숙였습니다

12월의 거리를 지나갈 때

문득 그 노부인의 손길이 생각납니다

그날의 설교는 생각나지 않는데

그 부인의 손길이 떠오릅니다.

재상봉*

두툼한 눈두덩에
수줍던 소녀는
짓붉은 투피스에
진한 화장을 하고
보석상 주인이 되어
또다시 눈을 내리깔고 앉아 있다

오똑한 콧날에
이지적인 눈매
늘 우등이던 소녀는
외국계 은행에서 자기가 다루는
동그라미 숫자를
경멸하듯 꼽아 본다

미국에서 20여 년 만에 돌아온
한 청년은
또 하나의 청년을 위해
세탁소 주인으로 살아왔기에

30년 만의 재상봉을 위해
바다를 건너왔다

시를 쓰던 눈이 고운 소녀는
지금도 시를 쓰고
시를 가르친다는데
그 웃음짓는 눈망울 속에
아직도 그 옛적 시가 들어 있다

우상처럼 떠받들던 교수님은
희끗한 머리 금빛 안경 너머로
아직 열정과 흥분을 머금고
허락된 짧은 시간 안에 다시 한번
세계를 떠 담으려는 듯

저물어 가는 정원의 가든파티
고뇌와 방황
동경과 사랑
찬탄과 함성의 날들이

촛불을 밝히고

여기 녹아 있다.

서울의 밤

잠들기 전
아파트의 문을 열고
멀리
도시의 불빛을 내다본다

닫혀진 집으로부터
사람 사는 마을을 향해
가만히 불러보고 싶은 것인지
아니면
닫혀진 도시를 향해
부질없이 작은 창문을
열어 보는 것인지

아무튼 잘 자거라, 서울이여.

별인사

내가 보는 별은
그대가 보는 별

그대 스쳐오는 바람은
나를 스쳐간 바람이어니

그대여
저 별에서
우리 바람으로 만납시다

이 밤
별겨울 속에서
눈 맞추는
그대와
나

깨어 있으면
어디서나 오는
그대의 신호.

시간의 방향(方向)*

삼성의료원 영안실 현관 앞에는
커다란 눈물방울 하나가
오고가는 문상객들을 맞고 있다

검푸른 빛을 띠고
삐뚜름하게
원형의 발꿈치를 대지에 대고
예리한 이마를
하늘로 향하고

시간은 이미 기울었고
위태로운데
그 시선은 멀고 높은 하늘에 두고
소리 없이 울고 있는 시간.

―――――――
* 삼성서울병원 장례식장 앞에 있는 설치조형물 제목(최재은 작).

햇빛의 흔적

2월의 싸늘한 아침
포플라나무의 빈 가지들이
포도 위에 내려앉고 있다

전지(剪枝)하는 인부들의 전기톱 끝에서
아무런 저항 없이
떨어져 내리는 잔가지들
포도 위에 소리 없이 내리는
햇빛의 흔적,
빗물과 푸른 잎새들과
팔랑임의 흔적들

대학을 갓 나온 처녀 시절부터
30여 년 외국 상무관실에서 일했던 여인이
얼마 전 은퇴했다는 소식을 듣는다

잘리워진 잔가지들을 엮어서
햇빛과 물과 잎새의 흔적을
하나의 탑으로 세워 두고 싶다

이제 곧 봄이 오면

잘리워진 나뭇가지 끝마다

또 새로운 생명이

물밀어 오를 것이다.

스물네 줄의 시

만일 열두 줄 혹은 스물네 줄의 시로
내 인생을 군더더기 없이,
모자람도 없이 노래할 수 있다면
나 십이 야를 혹은 스물네 해를
기다릴 수 있으리라

탄생에서 죽음에 이르기까지
새벽에서 밤에 이르기까지
모래알에서 우주에 이르기까지
지금 여기 살아 있음의 은총을
가만히 노래해 보리라

눈물과 시련과 고통
기쁨과 웃음과 행복
미움과 사랑의 음절들을
하나하나 빚어서
단지 하나의 노래로 엮으리라

상처 입은 자가 모든 상처들을 위해 기도할 때

아무도 아무의 구원자일 수 없을 때

감내하기 어려운 짐을 지고

외롭게 걸어가는 그대의 뒷모습을 보고

그 모든 것을 용서했을 때

비로소 혼자가 되는 나의 앞에

우주보다도 더 깊고

새벽빛보다도 더 밝고

어머니보다도 더 넉넉한 가슴이 열려 온다.

별 하나 뜬다

꽃은
흙의 가슴에서 피어오른
대지의 시

향나무 사이로 걸린
새벽별은
어스름 물든 하늘의 시

그대 마음에 설레이는 사랑은
그대 영혼의 시

꽃핀 그대 영혼의 하늘가에
별 하나
뜬다.

벤치

서늘한 새벽 대기 속에
세 개의 벤치가
앉아 있다
푸른 나무들 아래

생각하면
얼마나 오랜 인간의 이웃인가
생명 있음으로,
사람의 곁
소리 없이 자라며
소리 없이 거기 있음으로
말 없는 친구가 되어 준
나무들 아래
몸을 비우고
마음도 비우고
앉아 있는 벤치

사람 하나
그 위에 앉지 않아도

푸른 나무 그늘 아래

세 개의 벤치는

비어 있어서

오히려 안식이 된다.